KB042129

염치, 없다

천년의시 0111

염치, 없다

1판 1쇄 펴낸날 2020년 8월 30일
지은이 전해윤
펴낸이 이재무
책임편집 차성환
편집디자인 민성돈, 장덕진
펴낸곳 (주)천년의시작
등록번호 제301-2012-033호
등록일자 2006년 1월 10일
주소 (03132) 서울시 종로구 삼일대로32길 36 운현신화타워 502호
전화 02-723-8668
팩스 02-723-8630
홈페이지 www.poempoem.com
이메일 poemsijak@hanmail.net

전해윤ⓒ, 2020, printed in Seoul, Korea

ISBN 978-89-6021-509-2
       978-89-6021-105-6 04810(세트)

값 10,000원

염치, 없다

전 해 윤   시 집

천년의시작

시인의 말

목숨을 띠고 태어나
제 목숨 부지하느라 혈안이 된 우리,
서로에게 염치가 없다

누군가의 희생으로 살아가는 우리,
목숨이 붙어있는 한
염치를 지키며 살아가기 어려우리라

그리하여, 날마다
미안한 마음으로 살아갑니다
황송한 마음으로 살아가려 합니다

생의 끝 날에도 부디
염치만은 잃지 않기를……

차 례

시인의 말

제1부

제2부

제1부

기침 소리

시는
삶의 기침 소리지

생의 저 아래에서 가래가 끓으면
기침을 하게 되지

좋은 시를 쓴다는 것은
기침을 심하게 하는 거지

기침을 하면
목이 트이고
폐가 깔끔해져서
삶이 정갈해지지

계절이 깊어지면
기침은 더욱 심해지지

입술을 깨물어도
터져 나오는……

성불成佛

부산한 전철역 계단 아래
생불生佛이 앉아있다

날카롭게 흩어지는 발길들을 향해
더할 수 없는 경건함으로
마지막 남은 허리마저 꺾는다

삶의 어느 거룩한 순간이 그를
성불成佛하게 했을까

그의 진가는
떨어지는 동전에 비례하고
그의 자존은
사람들의 외면에 반비례하는가

세상의 은총 듬뿍 받는 날 우리도
자신을 꺾어 성불하게 되겠지
생의 모퉁이에서 서성이겠지
구원받기 위해
구원하기 위해

\>

세상은 지금

성불하기 참 좋은 시절, 거리마다

미래의 생불들이 넘쳐난다

알밤 사리舍利

태어나던 날부터
온몸에 날을 세워
철옹성을 쌓았어라

천 년을 기약한 듯 앙다문 입술에
그 속은 차마 용광로였어라

이슬과 바람과 햇살
청량한 것들만 그러모아
어둠 깊은 곳에서
옹골차게 빚었어라

계절을 건너가며
태양 아래 구르고 굴러
찰진 삶이 되었어라

가을 하늘 아래, 넘치는 기쁨으로
벅찬 가슴 열어젖혀
붉은 사리舍利를 쏟는구나
천지 사방에 보시布施를 하는구나

\>

내 삶은

언제나 저리 영글어, 세상을 향해

환하게 벙글어지려나

빛나는 사리가 되려나

신호등

젊디젊은 날에는 까닭도 없이
걸핏하면 신호를 어겼지
신호등이 불편했어

좌회전 신호에서 우회전하고
우회전 신호에서 좌회전하고
붉은 신호등일 때 직진하고
푸른 신호등일 때는 과속을 하고

이제는
가야 할 길이 얼마 남지 않아서
신호등 앞에서 기다릴 줄도 알지
붉은 신호등 다음에는 푸른 신호등이 들어온다는 것,
그 유예된 희망이 있음도 알지
그 기다림의 순간마저 축복임을 알지

이승의 마지막 날
낯선 세상으로 내닫는 그 길에도
신호등이 있으려나
좌회전

우회전
과속 단속기도 있으려나

그제는
붉은 신호등이 그립겠지,
오래도록 꺼지지 않는

환승역

　신도림 환승역 퇴근길에 발길들이 어지럽다 과녁을 향해 날아가는 화살들 같다 각자 오래된 제 과녁을 향해 날아간다 가끔은 낯설게 날아간다
　우리의 생은 알 수 없는 과녁을 향해 날아가는 화살이지 우리네 일상은 하루 종일 날아가 돌아오지 않는 화살이지 오늘 우리는 무엇을 겨누며 여기까지 날아왔나 내일은 또 어디를 향해 날아가야 하나

　제 과녁도 모르는 생은 얼마나 황홀한가
　제 과녁을 벗어나 날아가는 생은 얼마나 짜릿한가

　마지막 환승역에서 우리는
　어느 열차로 갈아타야 하나
　어디로 날아가는 화살이 되어야 하나

　환승역은
　시위처럼 팽팽하다

생生의 위로

그대가
어디서 오는지 알아야
환영을 하지

왜 사는지 알아야
파이팅을 하지

이 슬픔의 근원을 알아야
위로를 하지

어디로 가는지 알아야
동행을 하지……

우리는 그저
젖은 가슴으로
서로를 사랑해야 하나

인간의 사랑이 인간에게, 행여
위로慰勞가 되려나

선문답 禪門答

　빛바랜 가을 들녘에서 허수아비와 참새가 실랑이를 벌이고 있다. 참새가 허수아비를 빤히 올려다보며

　허수아비야, 두 팔을 벌리고 서있는 네 꼴이 참 우습다
　―네 이놈, 벌릴 팔도 없는 놈이 웬 시비냐
　게다가 한쪽 다리마저 없구나
　―내겐 제격 아니냐. 제대로 서있으면 어디 허수아비라고 할 수나 있겠느냐
　보면 볼수록 네 모습이 가관이다. 코는 비뚤어지고 눈도 짝짝이네
　―내겐 딱이지. 내 어차피 참 아비도 못 되고 거짓 아비가 아니냐
　네 가슴도 텅 비어있네. 제 속도 못 채우는 주제에 누굴 위해 뭔 일을 한다고, 쯧쯧쯧……
　―쬐그만 놈이 혀를 차기는. 자신을 비우지 않고서야 어찌 남의 속을 채워줄 수 있겠느냐. 나는 한 번도 배부른 성자를 본 적이 없느니라
　어쨌거나 너는 꼭 넋이 나간 십자가처럼 보인다
　―그려? 천만다행이다. 맨정신으로 십자가를 지는 이들도 있느니라

그건 그렇고, 비바람이 몰아치는 날 너는 어찌 그리 춤을 추어대는 거지?

—철없는 꼬맹이야, 삶의 들녘에 서면 누구라도 춤꾼이 되느니라

생의 한가운데 서있는 우리는 허수아비
삶의 장단에 따라 춤추는 허수아비
허수아비인 줄도 모르는 허수아비

우리네 인생살이, 허수아비의 춤

이별에 익숙해지다

어릴 적
하얀 점박이 강아지와 사별한 누이는
하늘을 등지고 누웠다

첫사랑이 떠난 날 나는
개기일식처럼 앓았다

부모님 돌아가신 날 내 형제들은
벼랑 끝 돌부처가 되었다

이별을 만날 때마다 이제껏
멱살을 움켜잡고 몸부림쳤다

수많은 이별을 건너온 후에야, 생에는 본래
이별이 잉태된 줄을 안다
탱탱한 이별이 서넛은 있음을 안다

이제는 이별 앞에서
요란을 떨지 않는다
찬찬히 쳐다보며 눈인사도 나눈다

>

떠나보내는 이별만이 아닌

스스로 떠나가는 이별도 있음을 안다

하루살이에 대한 예의

하루살이를 대할 때는
곡진曲盡해야 돼
수천의 삶을 하루에 살잖아

하루살이를 대할 때는
간절해야 돼, 그에게도
수만의 사랑이 필요하잖아

하루살이 앞에서는
밝은 모습 보여야 돼
내일은 없지만
희망은 필요하잖아

하루를 살아도, 그의 삶
둥글어야 해

슬픈 위안慰安

어제는 읍내에 5일장이 서는 날이었다

읍내 나들이를 다녀온
앞집 호철이 형님네 어미소가
초저녁부터 울어댔다

동굴처럼 울었다
활화산처럼 울었다
온밤이 우렁우렁하였다

원망도
저주도
슬퍼함만 못하리라

밤새 뒤척이다
새벽 어스름에 일어나신 우리 엄니, 차마
담장 너머는 보지도 못하고
하얀 그믐달만 올려다본다

생의 유일한 위안은
슬픔뿐이라고

행복은

남태평양 한가운데 사모아섬
바다와 태양밖에 모르는
원주민 아줌마의 거무튀튀한 젖통과

파리 샹젤리제 거리
바다는커녕 태양도 모르는
아가씨의 새하얀 가슴이

서로 자기가 더 행복하다고
상하좌우로 부산을 떤다

행복은
제 삶의 그림자
가슴 깊은 곳의 출렁임

없는 길

길이 있어 우리가
전생에서 이승으로 건너온 것은 아니지

길이 있어
오늘을 살아갈 수 있는 것도 아니지

길이 있어
그대와 나
이승에서 저승으로 건너가는 것도 아니지

삶에는 본래
길이 없지

산다는 것은
없는 길을 가는 거지, 온몸으로
길을 내며 가는 거지

가던 길 돌아보면, 없는

아름다운 농성

이른 아침
28층 아파트 옥상에서
까치들이 고공 농성을 한다

쌍용차 근로자들 같다
밀양의 할머니들 같다
강정의 수녀님들 같다
세월호 유족들 같다
5·18의 민주투사들 같다

비정규직을 걱정하나
고압 송전탑 얘기하나
북핵 아니면 THAAD*를 논의하나
세월호의 진실을 밝히려 하나
한반도의 통일 방안을 구상하나

고갯짓 진지하나
그늘은 없다

천 길 허공에서도

의연하다

생의 난간에서, 농성은
아름답다

* THAAD: Terminal High Altitude Area Defense(고고도미사일방어체계).

유럽의 성城

런던, 파리, 로마, 상트페테르부르크, 프라하, 탈린, 이
스탄불……
유럽의 들판과 골짜기마다
거대한 성城들로 가득하다

하나같이
거대하고
화려하고
견고하다

인간들의
허약한 믿음과
불안한 마음이
시절 따라 차곡차곡 쌓여 있다

작은 만큼 거대하게
초라한 만큼 화려하게
나약한 만큼 견고하게
절대군주와 대사제가 안간힘을 쓰고 있다

\>

금박으로 빛나는 것은
끝없는 허영
십자가로 솟은 것은
부질없는 욕망

그 성城들의 모퉁이에
가느다란 금이 가고 있다

처음부터
무너져라, 쌓는 성城은 없다

끝내
무너지지 않는 성城은 없다

희망

희망은 그저
허공에 피는 꽃이 아니지

희망은
우리네 생의 한가운데
줄기를 세우고
꽃대를 밀어 올려, 마침내
꽃을 피우는 힘이지

희망은
절망이 무성한 일상日常에
나부끼는 깃발
축제가 끝난 뒤에도
꺼지지 않는 불꽃

희망은 끝내
위안

제2부

시간
―영원의 실루엣

어제
오늘
내일……
그대와 내가 건너야만 하는
아슬한 징검다리

언제라도 디디면
바로 사라져버리는
순간의 허방들

그대와 나의 숨결로
그대와 나의 손길로
잠시 잠깐 알록달록해지다 사라지는
영원의 실루엣

그 실루엣 따라 펼쳐지는
그대와 나의 삶은
실루엣의 실루엣

아우성

한여름 장마 그친 오후
쏟아지는 매미들의 울음소리
천 길 폭포수

수년의 침묵
기다림의 더께
일순간에 깨뜨리는
아우성

하루 또 하루
육탈肉脫을 하는 자신에게 바치는
매 순간의 진혼곡鎭魂曲

육신의 끝에 매달린
영혼들의 주련柱聯

우리네 인간도
날마다 육탈을 하는가
거리마다 시도 때도 없는 아우성,
푸르고 깊은

사랑은 균형감각*

사랑은
균형의 추가 되는 일

가진 자와 가지지 못한 자
배운 자와 배우지 못한 자
관계의 균형을 잡아주는 일

망설임 없이
불균형의 비탈에 서주는 일

비탈에 서서도 끝내
균형을 잃지 않는 일
마음의 균형을 잡는 일

사랑은 결국
세상의 균형을 잡는 일

* 박성미의 『선한 분노』, '사랑은 세상에 대한 균형감각이다'에서 따옴.

따스해야 혀

제도가 모든 문제를 해결해 주는 건 아니잖아
이념이 모두를 대변해 줄 수도 없잖아
혁명이 모두에게 희망을 주는 것도 아니잖아
종교가 모두를 구원해 줄 수도 없잖아

제도와 이념도
세상을 위한 거지
혁명과 종교도
사람을 위한 거지
모든 것은
생명을 위한 거지
서로를 살리자는 거지

현실을 외면하는 제도와
포용을 모르는 이념과
숨통을 조이는 혁명과
희생과 봉사를 모르는 종교는
허위이고
기만이고
배반이지

>
세상의 모든
제도와 이념
혁명과 종교는 따스해야 혀,
적어도 우리네 체온만큼은

민들레 꽃씨

계절도 버리고
친구도 버리고
고향마저 버리고

제 혼마저 놓은
탈혼脫魂의 정수精髓

생이 가벼워지니
날아오를 수밖에

하얀 꿈 닳았으니
먼 항해 떠날 수밖에

스스로 떠나가니
기쁠 수밖에

화이트 크리스마스

눈 내린 성탄의 아침은
태초를 닮았다

오늘도
눈 덮인 숲속은
이브의 자궁 같다

그 한가운데로
21세기 아담 하나
갈지자로 걸어가고 있다

성당의 종소리
멀어져 간다

몽돌

해 질 녘
삽시도 물망터 근처에서
몽돌들을 만났지

파도 소리에 놀라 구르고
솔향기에 취해 구르고
달빛이 서러워 구르고
별들이 그리워서 굴렀으리라

치받히는 삶을
부서지는 삶을
흩어지는 삶을 그들인들
원했으랴

그들도 한때는
날카롭게 각을 세워
생의 결기를 다졌으리라

기다림의 날들이 길어질수록
몸은 야위어만 가고

영혼은 무르익어
구도의 자세는 더욱 반듯해졌으리라.

날마다 세파世波에 구르는 우리
파르스름하게 각을 세워보지도 못하고
세상의 바닥에서 몽돌이 되어간다

기약도 없이
둥글게 살아간다는 것은, 차마
가슴 시린 일

자가自家 치유

이른 봄
아파트 정원수庭園樹 단장丹粧이 한창이다
수십 년 된 나무들이 반신불수半身不隨가 되었다
내 오금이 저려왔다

이튿날 새벽 어스름
한국전쟁을 치른 상이군인이 왔나 했다
월남전에 참전했던 이웃집 형님인가 했다
이웃에게 내밀 손길마저 없는
우리네 모습 같았다

달포가 지난 어느 날
빈사瀕死의 몸에서, 파릇한
한 줄기 빛이 터져 나왔다

벅찬 함성이었다
뜨거운 환희였다
찰진 부활이었다

생의 아픔은 오직

자신만이 치유할 수 있는 것

생명만이 생명을 되살릴 수 있는 것

꽃의 사면赦免

주택가 고급 빌라의 창가
화분마다 꽃들이 가득하다
배 나온 아저씨의 얼굴도 환히 피었다

꽃들의 팔다리를 매끈하게 잘라놓고
그들의 갈 길을 촘촘히 막아놓고
그들의 모습이 아름답다 하고
그들의 삶을 사랑한다 한다

화분에 꽃을 심는 것은, 꽃에게
가택연금을 시키는 것
실형을 선고하는 것,
번번이 종신형이 되기도 하고
때로는 사형선고가 되기도 한다

햇살이 맑은 아침 조용히
화초들의 아우성을 들어보라
그들의 원망怨望을 들어보라

꽃이라고 언제나

마음마저 붉겠는가

꽃에게
실형을 선고하는 우리
실형을 집행하는 우리, 스스로에게
유죄를 선고해야 한다

그것만이 우리가
꽃의 사면을 받는 길이므로

침목枕木의 꿈

강원도 정선 민둥산 비탈에서
아우라지 노랫소리 들으며
꿈을 키웠지

한양에 올라가면
제 한목숨 다 바쳐
나라님 계신 곳
기둥이 되리라 다짐도 하면서

아우라지 떠나
수천 리 물길에
이리 차이고 저리 치여서 골수만 남아도
꿈은 외려 속으로 영글어
서울 바닥에서도 되차게 굴었으나

푸르던 꿈은
이리 잘리고 저리 베이다
기찻길 침목이 되었어라

온몸 기름으로 자르르 치장하고

경부선 대전 회덕 어디쯤에서
하늘을 우러르는 영광을 얻었어라

오가는 이들의 삶을
맨가슴으로 떠받치느라
제 삶은 숯덩이가 되었어라

부서지며 빛나는 침목의 세계에서
명퇴하고, 계룡산 등산로에
도레미파솔라시도로 누워, 버텨내는
그의 여생이 찬란하구나

어느 날 다시
아우라지 노랫소리 들리고
멀리 민둥산이 보이면
그들의 잃었던 꿈, 행여
고운 향기로 피어나려나

흙길

뒷동산 능선을 따라 아담한 길
시골 논밭 사이 소박한 길
숲속에 다소곳이 숨어있는 길

한 걸음 내디딜 때마다
그 까칠한 부드러움이 좋다
아삭한 느낌이 좋다
담담함이 좋다, 오는 발길 밀어내지 않는

화려하지 않아도 구수한
내 어머니의 밥상처럼
무너진 가슴 선선히 받아주는
고향 친구 같은……

내 인생길에도
흙길 같은 사람들 여럿 있었다,
비탈진 삶 견디게 해준

이제는 내가
가슴 한켠을 고이 허물어

누군가의 흙길이 되고 싶다,
걸을수록 위안이 되는
자꾸만 걷고 싶은

아파트 숲에는

아파트 숲에는 계단을 따라
어색함이 싱싱하게 자라납니다

서로를 외면하는 눈길들만
유령처럼 날아다닙니다

갈 곳 잃은 발자국들이
문 앞에서 서성댑니다

팅팅 불은 그림자들만 부나비처럼
창가에 달라붙어 있습니다

건물과 건물 사이 외로움만
강물처럼 깊습니다

아파트 숲에는
나무들이 싱싱하게 자라납니다
꽃들이 다투어 피어납니다
벌 나비도 분주합니다

\>

그 숲에는 다만

향기가 없습니다

그리움이 없습니다

자본주의, 그 후

모든 사물에는 이름이 중요헌디
자본주의, 그 이름이
참 고약혀
상스럽지

워떠케 사람보다 재물이 먼저여
워째서 목숨보다 돈이 더 중요혀
워쩌자고 인륜보다 이윤을 앞세워

그러니
세상이 죄다 물구나무를 서지
삼강오륜도 머리를 처박고 물구나무서고
사랑도 염치 불고하고 물구나무서고
십자가도 얼굴 붉히며 물구나무를 서지

자본에 눈이 있나
자본주의에 가슴이 있나, 하여
매번 허방만 짚는 거지
천하의 호래자식이지

\>

그러니 워쩌

우리가 그들의

눈이 되고 가슴이 돼야지

앞서가며 길을 내야지

자본에 눈과 가슴이 생길 때까지

인간에게 머리를 조아릴 때까지

하느님 흉내

살아있는 동안 한 번은
하느님 흉내를 내고 싶다

앞 못 보는 이의 눈을 뜨게 하고
문둥이의 몸을 깨끗하게 하고
앉은뱅이를 다시 일어서게 하는, 그런 흉내 말고

무릎 꺾인 이들 앞에
낯 붉히며 떨어지는 한 닢의 동전이 되고 싶다
쓰러진 자들을 위한
허기진 곡비哭婢가 되고 싶다

죽기 전에 한 번만이라도
하느님 흉내를 내고 싶다

주일마다 앞장서서 성당에 가고
제대 위에서 큰 소리로 기도하고
입만 열면 사랑 타령하는, 그런 흉내 말고

일상에 지친 내 이웃의 목에 걸린

가느다란 십자가이고 싶다

그들의 삶에 따라 더불어 흔들리는

한 번쯤은

그대를 향한 내 마음이
흔들려서 좋아

나를 보는 그대의 눈빛이
흔들려서 좋아

미움도
그리움도 수시로
흔들려서 좋아

스쳐 가는 바람이 좋아
세상을 흔들면서 스스로도
흔들리잖아

흘러가는 세월이 좋아
지난날들을 사정없이 흔들잖아, 모두가
속절없이 흔들리잖아

늘 흔들리며 살아온 우리
생이 다 가기 전에 한두 번쯤은

무언가를 흔들어도 봐야지

나도 한 번쯤은 그대의 깊은 곳
흔들고 싶어, 서늘하게

제3부

선을 긋다

길을 걷다가 저쪽에서
다리라도 저는 사람이 오면
먼 산을 바라본다

TV를 보다가
눈이 퀭한 아이들이 나오면
창밖을 내다본다

열차 안에서
맹인 악사의 노래라도 들리면
지그시 눈을 감는다

아무것도 해줄 용기가 없는 나는
알아서 선을 긋는다, 깔끔하게*

---

* 유니세프 광고문 '아무것도 해줄 수 없는 엄마는 차라리 눈을 감는다'
  의 변용.

염치 1

세상살이에도 오뉴월 가뭄이 있다

사람과 사람 사이
가슴과 가슴 사이에
비가 내리지 않는다

교회의 첨탑에도
국회의 둥근 지붕 위에도
풀이 자라지 않는다

학원의 강의실에도
시장의 골목길에도
꽃이 피지 않는다

세상의 가뭄 속 저만치
위태롭게 피어있는, 염치
그마저 시들어가고 있다

돈과
경쟁과

효율이
그의 뿌리를 썩히고 있다

아집과
이기와
질투가
그의 줄기를 휘감고 있다

너와 나의 가슴속
가파른 절벽 한참 아래
한 송이 꽃, 염치
언제 다시 피어나려나

염치 2

인간으로 태어나
인간으로 살아가면서 우리는 왜
마냥 기뻐할 수가 없나

우리 마음 깊은 곳
욕망의 숲을 지나
이기의 언덕 너머
외지고 깊은 곳에
잔잔한 샘 하나 있다

조용히
끊임없이
자신을 밀어 올려
끝내 마르지 않는

하루하루
살아가는 부끄러움을
정갈하게 씻어주는

우리네 일상이

부질없이 무너질 때
끝없이 추락할 때
온몸으로 막아서는

최후의 보루
상큼한 방부제, 염치

염치 3

지하철 문이 열리고
파도가 밀려든다

마지막 남은 한 자리를 향하여
노도怒濤가 일어난다

뜻을 이루지 못한 노친네
성공한 이를 향하여 연신
원망의 레이저를 쏘아댄다

세월이 자분자분 염치를 삼키나,
희끗희끗한 내 머리칼
싹둑 자르고 싶다

나도 머지않아
다리를 절고 허리도 꺾이겠지
불편한 다리와 쑤시는 허리를, 나는
염치 하나로 버틸 수 있을까

다리를 절기 전에

허리가 무너지기 전에, 부디
염치가 먼저 쓰러지는 일은 없기를

염치 4

돈을 줬다는 사람이
어디서, 얼마를, 누구에게, 어떤 식으로 전달했는지
소상히도 밝히는데
알 만한 사람들은 다 안다 하는데
유독 받아먹은 놈만 생판 모르는 일이라 한다
땡전 한 푼 받은 적이 없다 한다
먹새가 좋아 소화가 다 되었나 보다

누구누구가 언제, 어느 자리에서
어떻게 추행했는지
피해자가 직접 고하는데도
가해자는 택도 없는 소리라 한다
털끝 하나 건드리지 않았다 한다
왼손이 한 일이라 오른손이 모르나 보다

입만 열면
국민을 위한다고
밤낮 나라 걱정만 한다고
평생 사익을 취한 적이 없다고
침을 튀기며 강변하던 자가

뜬금없이 배신자를 응징하겠다 한다
스스로를 응징하겠다 하니
그나마 다행한 일인가

그들의 염치는 시도 때도 없이
외출을 하나 보다
종종 치매에도 걸리나 보다, 지들이 필요할 때만

염치 5

살다 보면 어쩔 수 없이
'염치'마저 시들어, 내 생이
늦가을 낙엽보다도 무겁게
곤두박질치는 날이 오겠지

그런 날이 오면
알 수 없는 곳으로부터
내 생에 대설특보가 날아들고
가야 할 모든 길에는
통행금지령이 내려지겠지

동면에 들어간 '염치'가
다시 깨어날 봄은
쉬이 오지 않을 것이고

'염치'없는 내 생은
그 자리에 선 채로
영면永眠에 들지나 않을까

간증干證

세상 사람들 모두가
다스DAS는 그의 것이라고 하는데
유독 그만이 자기 것이 아니라고 한다

제 것을 제 것이 아니라고 하는 그는
세상의 간을 보려는 것인가, 아니면
'마음이 가난한 자에게 복이 있나니……'라는 말씀을
간증하는 중인가

이도 저도 아니면, 제 하느님 앞에서
거룩한 코미디를 하자는 것인가

천형天刑

동서를 아우르는
이스탄불의 휘황한 거리

백여 달러짜리 선택 관광도 하고
수십 유로짜리 와인도 마시며
배부른 여행자가 되어
오가는 이들로 붐비는 식당가 골목에서
어린 아들과 함께 구걸하는 난민을 보았는데

동정은 위험하다는 가이드의 말과
그들의 분별없음과
그들의 염치없음을 핑계 삼아
내 가슴은 자꾸만 야위어가고
차디찬 손으로 주판알만 튕기고 있었다

세상의 길목 여기저기
붉은 십자가들 나뒹구는데, 나는
빈 하늘에다 대고
거룩한 성호聖號만 그어댔지

>
한 줌 연민도 부담스러워
살아있는 십자가도 외면하는 심사心思,
천형天刑!

전철 안 풍경

천안에서 서울을 오갈 때 종종 전철을 탄다

예나 지금이나 탑승객들끼리
서로를 모르기는 마찬가지인데
예전에 오가던 눈빛도
무언의 인사도 없다

이어폰으로 귀는 캄캄하고
휴대폰 속으로 빠지는 눈
얼굴은 한 폭의 추상화

마주 앉은 거리가
몇 광년쯤은 된다
서로가 서로를 밀치며
담을 쌓아 올린다

서로에게 향하는 창이 없다
등을 기대고 쉴 그늘이 없다
땀 한 방울 식혀 줄 바람이 없다

\>

어디를 보아도

맑은 생각 깃들 옹달샘이 없다

영혼이 헤엄칠 호수가 없다

접시 물에 코를 처박듯

빠질 곳은 한곳뿐,

빠져들수록 자꾸만 얕아지는

다시 3월의 봉화에게

그날
열사들의 몸뚱아리는 화목火木이 되고
끓어오르는 피는 휘발유가 되어
그들의 삶처럼 타오른 봉화는

삼천리 강토의 족쇄를 부수고
쥐새끼 같은 놈들의 비굴마저 불살라
한라에서 백두까지 훤하게 밝혔는데

반세기가 넘는 독립 대한에서 아직도
독립군의 목을 따던 일제의 주구走狗들은
뒤틀린 역사의 능선을 잘도 타고 넘으며
주야로 치사한 이기만 갈고닦아
여전히 찬란한 권좌에 앉아있으니

3월의 봉화여,
이제 우리 다시
살아남은 자들의 영혼까지 불태워
마지막 남은 저 어둠마저 사르게 하소서

\>

반도의 하늘 아래

어느 골목에도 다시는

치사한 어둠이 깃들지 않게 하소서

기대어 산다

세상에 홀로 서는 것은 없다

이슬은 풀잎 위에서 빛나고
버들치는 물살에 기대어 나아간다

저녁노을은 하늘에 물들고
갈대는 바람을 핑계로 운다

절대왕권은 백성들이 떠받들고
하느님은 인간들이 있어 거룩하다

지구는 하늘의 별들 덕분에 돌고
나는 그대가 있어 살아간다

그리하여 누구나
가슴 한편은 비워 둬야 한다
등짝 한쪽을 내어줘야 한다

잘났어도 우리
기대어 살아가야 하니까

실미도*
―북파공작원

실미도, 그 이름마저
창백한 섬

이름 석 자보다도 가벼운
당신들의 존재

존재 위에 군림하던
당신들의 조국.

한 생이, 눈물도 없이
다른 생을 지우고

그날의 흐린 기억조차
반역이던 세월

* 실미도實尾島: 인천광역시 중구 무의동에 있는 무인도.

이산 상봉

—꽃신

어느 가을
이산가족 상봉자 중에서
최고령자인 구 씨 할아버지는
68살의 어린 딸에게 줄
꽃신을 선물로 샀다 한다

헤어질 때
'아빠, 갔다가 얼른 와'
'아빠, 갔다가 또 와' 쫑알대는 4살배기 딸에게
꽃신을 사줘야겠다고 다짐했었다는데

구 씨 할아버지 64년 동안
날마다 꽃신을 샀겠지
꿈마다 딸에게 꽃신을 신겼겠지
가슴속 푸른 문신이 되었겠지

순진하게도
애국애족을 믿었겠지
동북아평화론을 믿었겠지
인류공영을 믿었겠지

\>

그러다가
휴전선을 원망했겠지
애꿎은 초병들만 욕했겠지
바람을 들이받았겠지
하늘 보고 삿대질을 해댔겠지

북녘을 향해 그 꽃신
수도 없이 보냈겠지
딸내미는 맨날 꽃신 선물 받았겠지

오늘
반도의 외진 길목에서 살아가는 우리들도
고운 꽃신 하나씩 들고 서성대고 있지

혁명의 길

혼자 잘났다 설치는 것은 혁명의 정신이 아니지
혼자 앞서 나아가는 것은 혁명의 자세가 아니지
혼자만 잘살겠다 하는 것은 혁명의 의도가 아니지

혼자 하던 일을 함께하는 거지
혼자 가던 길을 함께 가는 거지
함께 잘 살자는 거지

하나가 둘이 되고
둘이 셋이 되고……
모두가 하나 되어 나아가는 거지
하나 된 여럿이 함께 가는 거지

하늘만 바라보자는 게 아니지
땅 위의 것들만 탓하자는 게 아니지
서로를 보듬자는 거지
모두를 살리자는 거지

혁명도
사람이 하는 일

사람을 위한 일

인간의 길 벗어나는 날
혁명의 길도 끝장이 나는 거지

휴전선의 초병哨兵

풀벌레 소리 질펀한
155마일 휴전선을 딛고 서서
반도의 어제와 오늘을 돌아본다

별들이 총총한 밤에는
철책에 기대어 서서
조국의 앞날을 그려본다

비껴든 M16도 제 몸 둘 곳 몰라
허공만 응시할 때, 초병은
탄흔 가득한 겨레의 가슴을 안는다

함박눈이라도 내리면
철책 너머 자신을 꼭 닮은 초병과
눈빛이라도 나누고 싶다

달빛마저 사라진 밤에는
하늘까지 닿을 기도를 올린다,
반도의 하늘에 새벽이 올 때까지

제4부

첫사랑

그대가 건네준
붉디붉은 석류 한 알

눈 내리는 벤치에서
후후 불며 먹었지

내 청춘의 오후가
환해졌지

나의 온 삶이 내내
뜨거웠지

유년의 고향

내 유년의 고향은 골짜기가 너무 깊어 남쪽 나라가 보이지 않았다 어미 잃은 노란 까투리가 산비탈을 돌아가는 봄날이면 팔 밭뙈기 일구시는 눈먼 아버지의 노랫소리가 아련하고 여름날엔 어머니의 한숨이 저녁 안개처럼 골짜기를 휘감았다 짙어지는 산그늘 속에는 내 형제들의 절뚝이는 귀가가 있고 하늘에는 누이들의 눈물이 그렁그렁 매달렸다

내 유년의 고향길은 비가 오지 않아도 늘 질척거렸고 물웅덩이 투성이었다 가는 곳마다 울퉁불퉁했다 내 유년은 수시로 걸려 넘어졌다 첩첩 산속을 숨바꼭질하는 길은 높고도 멀어 도회의 불빛은 아득하기만 하고 상엿집 근처에는 반딧불만 깜빡였다 산 너머 별똥별이 떨어지는 곳은 아득하기만 한데 어쩌자고 내 그리움도 덩달아 곤두박질쳤다

친구들과 구슬치기, 술래잡기하던 골목들이 지금도 환하다 내 어머니가 물동이를 이고 활보하시던 고샅길이 오늘 유난히 붉다 해 질 녘 내 어머니가 날 부르시던 소리가 천상의 아리아로 들린다

털갈이

땅 위를 기는 벌레들도
하늘을 나는 새들도
호랑이와 곰들도
중요한 고비마다 털갈이를 한다는데
지나간 삶을 벗는다 하는데

세월이 한참이나 흘렀어도
내 생에는 솜털이 보송보송

삶의 어느 길목에 이르러야 나는
털갈이를 할 수 있으려나
미련 없이 버릴 수 있으려나

한 번 털갈이로 진실을 알아볼 수 있으려나
두 번 털갈이로 사랑을 느낄 수 있으려나
세 번 털갈이로 견성見性을 하려나
버리는 만큼 성숙할 수 있으려나

아니면,
붉게 선 채로 그냥
인간의 탈을 벗으려나

빨갱이 친구

온 힘을 다해
내 삶과 네 삶을 흔들어보아도
불알 두 쪽 소리만 요란하던 시절

늦은 봄이면 너나없이
흙벽 같은 제 어미의 가슴에 붙어
노오란 하늘을 이고 자랐던 우리

세월의 바람 타고 민들레 꽃씨처럼
여기저기 세상의 비탈에 흩어져
비바람 속 이리 치이고 저리 쓸리면서
야윌 대로 야윈 가슴이지만, 오늘만큼은
붉은 마음으로 온다

수십 개의 터널을 지나
유년의 계곡으로
시간 여행을 온다

켜켜이 쌓인 세월을 벗고
목까지 차오른 일상을 털고

산 넘고 물 건너
꿈결 속 여행을 온다

하룻밤 사이
만리장성을 허물고
서로의 가슴속 말간 순정만 남은
원조元祖 빨갱이 친구가 된다

잡채의 추억

어릴 적 동네 잔칫날
목숨이 붙어있는 것들은 모두
잔치 마당에 모였다

아이들은 운동회가 열린 듯 날뛰고
강아지들은 소갈머리 없이 꼬리를 쳐대고
생쥐들은 시궁창 틈새로 삐죽빼죽 고개를 내밀었다

한 상에 달라붙은 아이들은 예닐곱
상에는 잡채가 달랑 한 접시,
진작부터 엄니들은 제 새끼들을 위해
007 작전을 펴는데,
가끔은 실패할 때도 있었다

너나없이
엄니들의 염치없음으로 목숨을 부지하던 시절
잡채를 먹는 것은
버무려진 가난을 삼키는 것이었다
쓰러진 희망을 일으켜 세우는 것이었다

>
지금도 잡채를 보면
간절한 이유도 없이
허기가 진다

그 허기, 이제는
달랠 길이 없다

환생

하루해가 유난히 긴 초여름
오랜만에 시골 장터를 찾았다

세월이 멈춘 듯
6, 70년대식의 소머리국밥집과
비닐 커튼을 드리운 미용실과
쇳소리 요란한 농기구 수리점과
허름한 중화반점과
호박, 오이, 고사리 늘어놓은 노점상들이
거기 그대로 살아있었다.

해가 서쪽으로 한참이나 기운 오후
급히 머리를 말아 올린 내 어머니
미용실 비닐 커튼 사이로 나오신다

낫 한 자루 고치려 내 어머니
월남치마 입은 채로
대장간 문간에 기대어 서있다

시장기마저 잊은 시간

난전의 막국수도 외면하고 내 어머니
중화반점 처마 아래 앉아계신다

눈먼 남편이 자꾸 밟혀도 내 어머니
남들 다 타는 마이크로버스도 못 타고
20여 리 외진 길을
바람처럼
유령처럼 걸어가신다

그의 삶처럼
허기진 하루……

오늘도, 내일도 내 어머니
거기 그렇게 살아계신 듯

소멸의 보람

세상의 한복판에서
꼿꼿하게 선 채로
나 자신을 태우고 싶다

기도보다도 더 간절하게
타오르고 싶다

겸손하나 뜨거운 불꽃이고 싶다
조용하나 커다란 함성이고 싶다

빛의 자취도
흔들림의 기억도 남기지 않고
세상의 모든 어둠 사르고 싶다

인간의 이기와 비굴을
세상의 비리와 불의를
굴절된 역사와 삶을
산다는 것의 허무와 절망을
송두리째 불사르고 싶다

>
스스로를 다 불사른 후에는
다시 조용한 어둠이고 싶다

어둠 속 간간이
소멸의 보람이 피어오를 것이다
죽순처럼 싱싱할 것이다

계절 장례식
―젊은 교우의 선종에 부쳐

한때는
개나리가 피었습니다
비비추가 피었습니다
코스모스가 피었습니다

계절도 없이
개나리가 졌습니다
비비추가 졌습니다
코스모스가 졌습니다

그의 제단에는
국화만 만발하였습니다

봄을 묻었습니다
여름을 묻었습니다
가을을 묻었습니다, 마침내
겨울만 남았습니다

햇살도 묻었습니다
바람도 묻었습니다

미소도 묻었습니다
웃음소리도 들리지 않습니다

기억의 언저리에는
무덤 하나 봉긋합니다

무덤 위에는
상사화만 가득 피었습니다

살아남은 자들의 가슴에는
깊은 호수 하나 생겼습니다

그 호수, 오뉴월 가뭄에도
마르지 않을 것입니다

여행

낯선 것을 향한
아찔한 흔들림

거침없는 일탈
선선한 위로

정처도 없이
설레는 발길

혼곤~~昏困~~해져 돌아오면
잠시 후 다시 도지는

심쿵한 병

낙화암에서

낙화암을 비껴 나는 저 겨울새들은
벼랑 끝에 휘도는
역사의 서늘함을 알까

세월이 흐를수록 더욱 선명해지는
그 푸르른 절망들을 알까

사람이 꽃이 될 수밖에 없던 날
칼바람에 속절없이 지던 날
떨어진 것이 어찌 꽃뿐이었으랴
출렁인 것이 어디 강물뿐이었으랴

백마강이 용솟음쳐
부소산이 되는 날이 오면
백화정*에 만발했던 꽃들이 행여
사람으로 보이려나, 어렴풋이

꽃다운 사람으로 보이려나,
북서풍에도 떨지 않는

* 백화정 : 낙화암 위에 있는 정자.

흔적

속리산 화양구곡
운영담雲影潭* 한가운데
천 년을 지켜온 바위에 누워
흘러가는 구름을 본다

구름과 나의 그림자, 잠시
운영담에 어린다

저 구름과 나는
우연이 빚어낸
찰나의 삽화

우주의 한 모퉁이에
시간이 그려놓은
순간의 흔적

구름은 허공에서 서성이고
나는 지상에서 표류하고

구름은 정처가 없고

나는 갈 곳을 모르고

* 운영담雲影潭: 충북 괴산군 청천면에 있는 화양구곡華陽九曲 중의 하나.

고사리 할머니

지리산 둘레길, 인월과 금계[*] 사이
비탈진 산등성이에
'고사리 할머니' 민박집이 있다

팔순이신 할머니
고사리를 많이 키워 고사리 할머니라 불린다는데
갓 스무 살 시집올 때는
움터 오는 고사리 새순이었으리라

갖은 농사일에
한량인 남편 돌보며 살아온
시집살이, 인생살이 얘기가
쌉싸롬하다

할머니의 여름에는
태풍이 몇이나 지나갔을까
그의 겨울에는
눈보라가 얼마나 몰아쳤을까

이제는 당신이

활짝 핀 고사리가 된 할머니,
손수 말린 고사리 한 봉지 건네며
다음에 또 오라 하신다

그 고사리 맛이
달콤쌉싸름할 것이다

안나푸르나*에 안기다

안나푸르나 입구에
작고 낮게 섰다

달팽이처럼
굼벵이처럼 걸었다
왜 걷는지는 몰랐다

발걸음이 무거워질수록
시야는 더욱 선명해지고
길은 더욱 오묘해졌다

대지 깊은 곳에 묻혀야
새 생명을 잉태하는 씨앗처럼, 나도
그의 너른 품에 안기어
내 영혼까지 온전히
썩고 싶었다

가파른 비탈에 선 채
석양에 흔들리는 앵초**라도 되어
오래도록 깃들고 싶었다

\>

넉넉한 그의 품에 안기면

내 생의 원초적 쓸쓸함이 위로를 받으려나

그의 번민만 더 깊어지려나……

* 안나푸르나: 네팔의 히말라야 산군山群의 하나로 트레킹 코스가 잘
  조성돼 있다.

** 앵초: 히말라야 고산지대에 피는 노란색의 꽃.

흔들리는 것들

쏘롱 라Thorung Ra* 아래
묵티나트Muktinath에서 타토파니Tatopani로 가는 길
길 아닌 길 위를 달리는 버스 안에서 바라본 세상은
모두가 흔들렸다

먼지 풀썩대는 도로 옆
토방에 앉아 아이에게 젖을 물린 아낙네의
고단한 하루가 흔들리고

산골에 어울리지 않는 카페 앞
먼 산 쳐다보며 앉아있는 청년의
희미한 앞날이 흔들리고

만원 버스 통로에
보퉁이 하나 들고 쓰러질 듯 서있는 소녀의
가상한 꿈이 흔들리고

꾀죄죄한 구멍가게 앞
때 절은 슬리퍼를 신은 아저씨의
허기진 일상이 흔들린다

>
늘 흔들리며 살아온 내가
흔들리는 눈으로 세상을 바라보니
모든 게 다 흔들리나

아니면,
산다는 게 본래
흔들림인가, 끊임없는

* 쏘롱 라Thorung Ra : 안나푸르나 트레킹 코스 중에서 가장 높은 고개
  (5,416m).

히말라야의 개

한겨울 깊은 밤 안나푸르나
해발 4200m 롯지[*]에서
히말라야의 개가 짖는다

설산이 너무 눈부신 걸까
쏟아지는 별들에 놀랐을까
그믐 달빛이 서러웠을까

그 울음, 높고 깊은 골짜기에
푸르게 울려 퍼진다
별들이 출렁이고
먼 데서 야크들의 웅성거림이 들려온다
불 꺼진 롯지에서 낮은 기침 소리 들린다

높고 깊은 곳에 사는 그들도
짖으며 살아가는구나
짖어야 사는구나, 제 생生보다
더 고귀한 것은 없으니……

안나푸르나를 힘써 오르는 우리는

무엇을 향해 나아가야 하나
무엇을 위해 절규해야 하나

우리네 외침은 결국
어디에 가 닿으려나
누구의 무엇이 되려나

* 롯지lodge: 트레킹 코스 중간중간에 있는 트레커들이 이용하는 숙소.

염치, 있다

정재훈(문학평론가)

> 시는 매 순간 가까움 속으로 멂을 가지고 오며, 동시에 가
> 까움을 멀리 떨어진 곳으로 흘러가게 만든다. 그리하여 시
> 는, 이곳 한 사람 앞에서만이 아니라 동시에 모든 곳에서
> 노래되는 듯하다. 시는 이곳에서 노래하지만, 동시에 모든
> 곳에서 들려오기도 한다.
> ―막스 피카르트, 「인간과 말」 부분

시인께

안녕하세요. 시집 원고는 잘 읽었습니다. 어떤 식으로 글
을 써야 할지 고민을 하다가, 「해설」을 가장한 편지글의 형식
으로 결정하였습니다. 혹여나 다른 시인들의 시집에서 흔히
볼 법한 「해설」로서 어떤 내용을 기대하시는 것이라면 미리 머
리 숙여 용서를 구하겠습니다. 이런 편지글은 제가 예전에도
즐겨 써왔던 형식이었습니다. 『다시, 책으로』의 저자 매리언
울프가 말했듯이 이 형식은 자신의 생각을 상대방에게 솔직
히 전달하는 방식이기 때문에 이따금 평자가 아닌, 일개 독
자로서 작품에 대해 이야기하고 싶어질 때면 자연스레 쓰게

되는 것 같습니다. 비평적 수사를 동원하면서 거창하게 말하지 않더라도, '작품'을 읽은 독자로서 충분히 그 마음을 전할 수 있을 것이라 생각합니다.

덧붙여 말씀드리자면, 이 형식을 쓰게 된 데에는 제가 느낀 '염치' 때문이었을 수도 있습니다. 흔히 어떤 시인은 자신의 문제의식을 시로써 독자에게 전하고 싶기 마련인데, 이렇게 본다면 당신이 꺼내든 '염치'라는 문제는 저와도 무관하지 않은 것이겠지요. 정말로 당신이 생각하는 염치가 "너와 나의 가슴속"(「염치 1」)에 핀 "한 송이 꽃"이고, 또 이것이 "시들어가고 있"다면 결국 이 나름의 긴박한 위기감 또한 당신과 나, 우리 모두에게 주어진 것이라고 봐야 할 겁니다. 당신이 시인으로서 외치는 울림에 대해 솔직하게 응하고 싶었습니다. 그래서 고민 끝에 편지글의 형식을 택하게 된 것이지요. 그럼에도 막상 글을 시작하면서부터 이 '염치'라는 말, 즉 익숙하지만 뜬금없이 들릴 법한 말이 왜 이리 갑자기 낯설고 무겁게 느껴지는지 모르겠습니다.

염치. 그 부끄러운 마음에 관해서라면 윤동주 시인이 남긴 대표적인 시구절도 문득 떠오르기 마련입니다만, 그때 그 참혹했던 시절의 염치와 지금의 그것이 무조건 같다고는 볼 수 없겠지요. 하지만 그렇다고 전혀 무관한 것도 아닐 겁니다. 결국 염치는 누구든 생生을 짊어지고 있는 마음이라면 응당 마주해야 할 문제일 테니까요. 하지만 당신께서 「시인의 말」에 쓴 것처럼 우리는 그동안 서로에게 염치없이 살았던 것 같습니다. 다섯 편의 연작까지 시를 지으면서 당신이 어떤 마음

일지는 충분히 알겠습니다. 인간으로서 지녀야 할 마음을 지키는 "최후의 보루"(「염치 2」)이며, 그것을 잃었을 때 피할 수 없을 저 "곤두박질"(「염치 5」)이 어찌 보면 당신만이 느낀 위기감은 아니었을 테지요. 이 위기감은 저 또한 느끼고 있으며, 다른 이들도 마찬가지였을 겁니다.

시는
삶의 기침 소리지

생의 저 아래에서 가래가 끓으면
기침을 하게 되지

좋은 시를 쓴다는 것은
기침을 심하게 하는 거지

기침을 하면
목이 트이고
폐가 깔끔해져서
삶이 정갈해지지

계절이 깊어지면
기침은 더욱 심해지지

입술을 깨물어도

터져 나오는……

―「기침 소리」 전문

그렇다면 저 '최후의 보루'와 '추락'이라는 다급한 위기 속에서 구원은 과연 어디에 있는 것일까요. 인면수심을 한 채로 험악한 일들을 벌이는 이들에게 다시 사람으로서의 '염치'를 느끼게 하는 것, 그럼으로써 이곳에서 상실되어 가는 생의 가치를 복원하기 위해서 당신이 택한 유일하고도 고독한 방식은 바로 '시 쓰기'였을 겁니다. "생의 난간에서"(『아름다운 농성』) 부르짖는 "농성"의 아름다움은 그 난간의 위험천만함과 정확히 비례하는 것일 수밖에 없습니다. 물론 이 '시 쓰기'가 오직 당신만의 방식은 아닙니다. 지금 이 순간에도 다른 누군가는 시를 쓰고 있을 것이고, 그 시가 언젠가 이곳에 당도할 때에는 나름의 아름다움을 표출할 테지요. 문제는 그 안에서의 파열음, 즉 농성이라는 것은 결국 우리가 응답해 주어야만 하는 누군가의 다급한 요청일 수 있다는 것입니다.

당신의 시집 전반에서도 나오고 있지만, 시는 이러한 파열음이 응축된 장르라고 볼 수도 있습니다. 근, 현대를 가로지르며 여전히 살아 숨 쉬는 족적을 봐도 그러하고, 또 어쩌면 갑작스럽고 딱히 유쾌하지 않은 일종의 낯선 소리일 수도 있습니다. 왜냐하면 어떤 시들은 그저 당연하게 생각해 왔던 것을 깨뜨리고, 안온함으로 인해 무뎌진 마음을 일깨우기 위한 울림이었기 때문이지요. 그렇기 때문에 여전히 독자들은 '시'라고 하면 무언가 기대하기 마련인가 봅니다. 마찬가지로 위

시에서처럼 시가 "삶의 기침 소리"라면, 당신 또한 시가 이곳을 가로지르는 어떤 '불편한 소리'여야 한다고 본 것은 아니었을까 싶습니다. 이 기침소리도 어딘지 모르게 불안감을 조성한다는 점에서 누군가에게는 파열음과 별반 다르지 않게 들렸기 때문일 수 있겠지요.

　게다가 "좋은 시를 쓴다는 것"이 결국 "기침을 심하게 하는 거"라고 한다면, 당신이 언젠가 시를 쓰면서 떠올렸을 그 소리는 틀림없이 주변 사람들을 불안하게 만들었을 테고, 안온했던 일상의 공기를 흐트러뜨렸을 것입니다. 본래 기침이라는 것은 외부의 무언가를 거부하려는 일종의 면역반응이지요. 당신에게 시가 곧 기침이 된다는 것은 어쩌면 익숙한 일상을 본능적으로 받아들일 수가 없는 상태를 가리키는 것일 수도 있겠지요. 이렇듯 저는 위 시에서 기침을 통해 정화되어 가는 시적 화자의 변화보다는 오히려 이런 불안에 좀 더 집중하고 싶었습니다. 주체할 수 없을 정도로 치밀어 오르는 "가래"는 당신을 감싸던 텁텁한 일상의 공기에 의한 것이었을 수 있겠고, 급기야 기침을 통해 내뱉었을 진득한 덩어리는 그동안 익숙하게 들이마셔 왔던 일상의 끔찍함을 가리키는 것이었는지도 모르겠습니다.

　　　살아있는 동안 한 번은
　　　하느님 흉내를 내고 싶다

　　　앞 못 보는 이의 눈을 뜨게 하고

문둥이의 몸을 깨끗하게 하고
앉은뱅이를 다시 일어서게 하는, 그런 흉내 말고

무릎 꺾인 이들 앞에
낯 붉히며 떨어지는 한 닢의 동전이 되고 싶다
쓰러진 자들을 위한
허기진 곡비哭婢가 되고 싶다

죽기 전에 한 번만이라도
하느님 흉내를 내고 싶다

주일마다 앞장서서 성당에 가고
제대 위에서 큰 소리로 기도하고
입만 열면 사랑 타령하는, 그런 흉내 말고

일상에 지친 내 이웃의 목에 걸린
가느다란 십자가이고 싶다
그들의 삶에 따라 더불어 흔들리는

—「하느님 흉내」 전문

　아마도 당신은 도무지 기침을 참아보려고 하지 않았을 것
같습니다. 참지 않고 거침없이 기침을 하고, 가래를 뱉음으
로써 주변의 일상과 그 안온함을 향해 끊임없이 불안감을 심
어주고 싶었을 겁니다. 시인들이 만든 낯선 말들이 일상의 문

법을 흐트러뜨리는 것처럼 말이지요. 이러한 당신의 불온함
은 위 시에 와서도 더욱더 선명해집니다. 신까지도 "흉내" 내
려는 저 불온함의 출처는 과연 어디에 있었을까요. 자신만의
말들을 조탁하고, 낯선 소리에 귀를 기울이기도 하다가, 급
기야 일상을 뒤흔들기까지 하는 저 미지의 절대적인 힘을 가
진 자를 가리켜 아직도 '시인'이라고 이름 붙여도 되는 것일까
요. 이따금 우스갯소리로 '시인'을 계속 발음하다 보면 '신'이
된다는 말도 있었지만, 그 '신'을 당당히 흉내 내보겠다고 하
는 당신의 목소리가 왠지 허투루 들리지 않습니다.

아니, 당신은 정말로 신을 흉내 낸 것일 수도 있습니다. 일
상 한가운데에서도 누군가는 보지 못한(혹은, 보고도 못 본
척하는) 어떤 초월적인 진리를 유일하게 엿보았다는 점에서
당신은 분명 신을 향해 한 걸음 더 가까이 간 듯 보입니다. 위
시에서도 "일상에 지친 내 이웃"을 위해 구원을 약속하고, 사
소해 보일 법한 지하철 풍경 안에서 "영혼이 헤엄칠 호수"(「전
철 안 풍경」)와 "맑은 생각"이 깃든 "옹달샘"을 목격한다는 것
은 누구나 할 수 있는 일이 아니겠지요. 당신이 생각하는 진
정한 신의 모습과 그로 인해 확보될 '정의로움'은 기득권자들
이 약속한 것과는 분명 다른 메시지를 설파하게 될 것입니다.
허나, 저는 이러한 당신의 권력이 세속적이라고 생각하지는
않습니다. "곡비哭婢"도 장례가 끝나면 평범한 아낙이 되듯
이, 당신에게 권력이라는 것도 '시'를 벗어나는 순간 아무것
도 아닌 게 되니까요.

그러니 오해는 하지 않으셨으면 합니다. 당신을 신격화하

려는 의도는 전혀 없으니까요. 일상 속에서 어떤 이질적인 것들을 포착하고, 이를 시적인 감수성을 통해 마침내 시로써 담아내려는 작업은 당신뿐만 아니라 모든 '시인'들의 일이기도 합니다. 더구나 이제 신은 어디에도 없지요. 다만, 시를 통해서만 들리는 어떤 알 수 없는 힘은 어딘가에 존재할 것도 같습니다. 시인들은 그 힘을 향해 귀를 기울이고, 거기서 들려오는 낯선 소리들을 자신의 시로써 기록을 해둡니다. 이는 일종의 교리이자, 시적 영감일 수도 있겠지요. 하지만 누군가는 그것에 대해 끊임없이 의심의 눈초리를 거두지 않기도 합니다. 시인들이 꿈꾸는 어떤 이상에 대해서도 뜬구름 잡는 소리라고 말하기 일쑤지요. 이런 경쟁 사회에서 시를 쓴다는 것만큼 어려운 일은 없는 것 같습니다.

혼자 잘났다 설치는 것은 혁명의 정신이 아니지
혼자 앞서 나아가는 것은 혁명의 자세가 아니지
혼자만 잘살겠다 하는 것은 혁명의 의도가 아니지

혼자 하던 일을 함께하는 거지
혼자 가던 길을 함께 가는 거지
함께 잘 살자는 거지

하나가 둘이 되고
둘이 셋이 되고……
모두가 하나 되어 나아가는 거지

하나 된 여럿이 함께 가는 거지

하늘만 바라보자는 게 아니지
땅 위의 것들만 탓하자는 게 아니지
서로를 보듬자는 거지
모두를 살리자는 거지

혁명도
사람이 하는 일
사람을 위한 일

인간의 길 벗어나는 날
혁명의 길도 끝장이 나는 거지

―「혁명의 길」전문

　당신만이 아니라 이 세상 모든 시인들은 지금 이 순간에도
"혁명"을 꿈꾸고 있을지 모릅니다. 그런데 이는 그리 거창한
일도 아닐 겁니다. 왜냐하면 말들을 조탁하고, 낯선 소리에
귀를 기울이는 일 자체가 혁명에 가까운 일일 테니까요. 또한
이것은 언어만이 아니라 어쩌면 "세상의 균형을 잡는"(「사랑
은 균형감각」) 일이자, "마음의 균형을 잡는 일"일 수도 있습니
다. 그렇기 때문에 시인이 언젠가 가고자 하는 길은 결코 외
롭지 않을 것입니다. 위 시에서처럼 그 길은 곧 "인간의 길"
이기 때문입니다. 그렇습니다. 당신이 시로써 독자에게 전하

고자 하는 '인간다움'은 지금 이곳에 쓰러진 '사람'을 다시 오롯이 '사람'으로서 세우는 일에 관한 것일 테니까요. 이처럼 "사람이 하는 일"들 가운데에서 '시 쓰기'도 포함된다면, 이 또한 "사람을 위한 일"이라 할 수 있습니다.

　시인인 당신은 시집 내내 줄곧 사람으로서 지녀야 할 염치를 강조했었지요. 지금 이곳에서 삶을 꾸려가는 존재에게 염치가 필요한 이유는 그리 복잡하지 않습니다. 다만, 이것은 단지 부끄러움을 아는 마음만을 가리키는 것은 아니라고 생각합니다. 염치를 아는 시인으로서 당신의 마음은 무언가 새로운 의미들을 만들어내는 데에만 그치는 것이 아니라, 기존의 말들과 그로 인한 질서에 균열을 일으키고 심지어는 그것들을 파괴하는 데에까지 거침없이 나아갑니다. "죽순처럼 싱싱할"(『소멸의 바람』) 생의 가치를 얻기 위해서는 "꼿꼿하게 선 채로/ 나 자신을 태우고 싶다"는 타나토스적인 상상력이 필요할 수밖에 없었겠지요. 그 길목 어딘가에 접어든다면, 당신이 알던 모든 말들과 생의 장면들이 "조용한 어둠"에 깊숙하게 잠길 때가 올 것입니다.

　이제 이 글을 마무리할 때가 왔습니다. 당신이 쓴 시들을 읽고 이 글을 썼지만, 이제와 다시 돌아보니 이 글이 당신에게만 향하는 것이 아닐 수도 있다는 생각마저 듭니다. 어쩌면 당신을 비롯해 이곳의 모든 '시인'들과, 그들이 하루하루 고독한 시간 속에서 써온 '시'를 가리키는 것일 수도 있겠지요. 시인들의 은밀하면서도 날카로운 조탁은 지금이라고 하여 크게 달라진 게 없습니다. 하지만 아무리 "날카롭게 각을 세워/

생의 결기를 다졌"(「몽돌」)어도, 결국에는 생의 섭리에 따라 "세상의 바닥에서 몽돌이 되어"갈 테지요. 우리는 독자로서 흔히 시가 아름답다고 말합니다. 아마도 그것이 저 몽돌처럼 둥글고 예뻐 보이기 때문일 겁니다. 하지만 그 둥근 시에도 언젠가 날카로움이 있었을 테고, 저마다 "가슴 시린 일"들이 스며있겠지요. 당신의 시도 그 시린 추억을 품은 채, 앞으로 더욱더 둥글어졌으면 좋겠습니다. 그럼, 안녕히 계십시오.

천년의시인선